今晚做个什么梦呢?

[日] 工藤纪子 / 著
周龙梅 / 译

"孩子们,该睡觉了。"

青岛出版集团 | 青岛出版社

"晚安。"

"好了,睡吧。"
"今晚做个什么梦呢?
嗯,我想想啊……
这样的梦怎么样?"

"不错,不错!
不过,如果是这样的梦,
会不会更好玩儿呢?"

"不错,不错!
不过,如果是这样的梦,
会不会更好玩儿呢?"

"不错,不错!
不过,如果是这样的梦,
会不会更好玩儿呢?"

19

"不错,不错!
不过,如果是这样的梦,
会不会更好玩儿呢?"

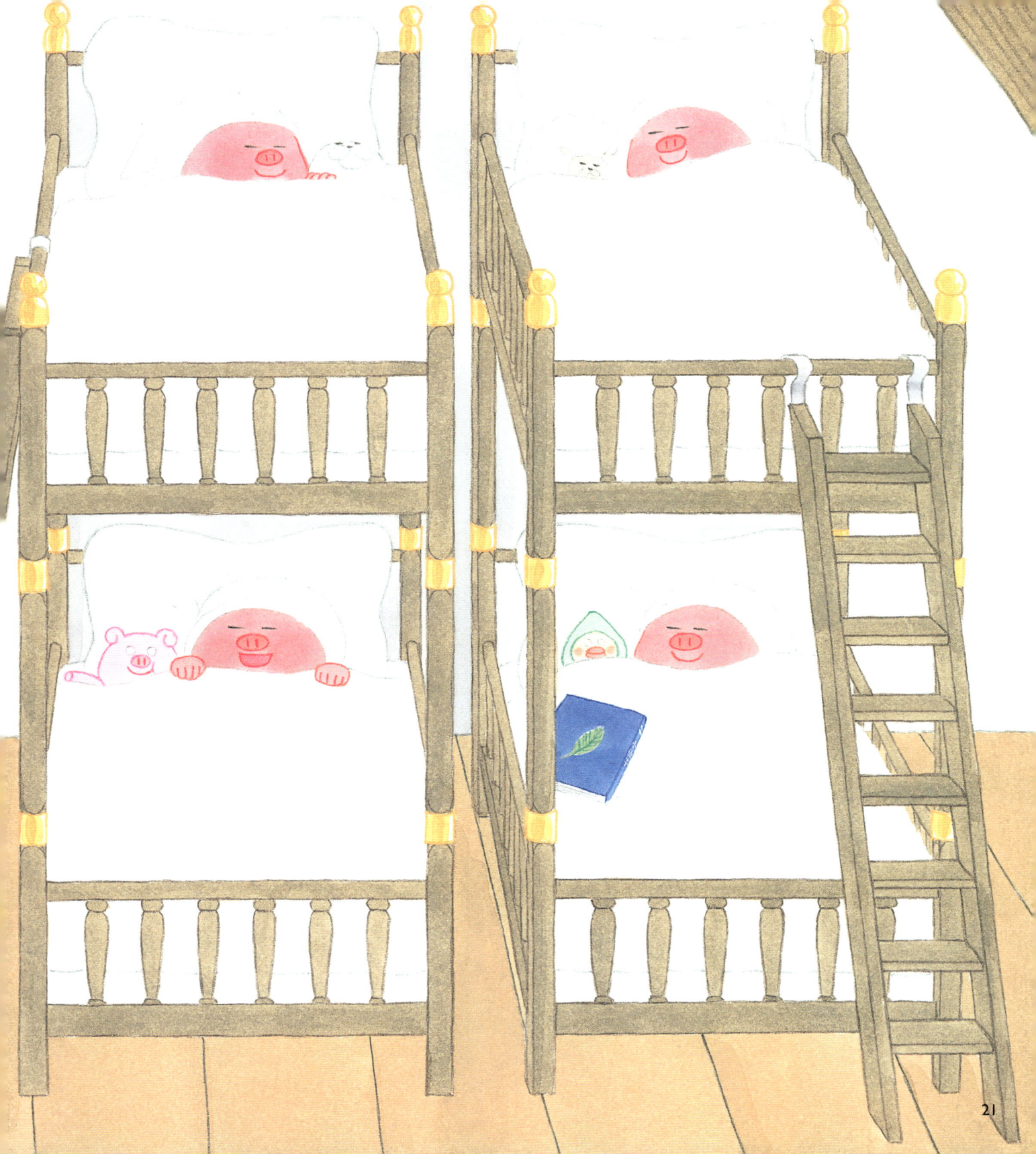

"做什么梦好呢?
好难决定啊……
咦?天已经亮了!"

"既然这样,那就起床吧。"
"哈——"打了个大哈欠。

"啊!"

"哇!
简直像做梦一样!"

"晚安。"

播一颗梦的种子，让孩子在想象中成长

南圆

博士，资深儿童阅读研究及推广者，深受大人和孩子喜欢的"瓜瓜老师"。

工藤纪子是大受欢迎的日本新锐绘本作家，她创作的《野猫军团》热闹又好玩儿，让我们在爆笑中读懂孩子那些调皮捣蛋的小心思；这两部关于"梦"的作品则是安静而有趣，带我们感受孩子心中五彩缤纷的想象世界。

《今晚做个什么梦呢？》用梦幻又可爱的方式展现了小猪一家的睡前场景。睡觉时间到了，小猪们换好睡衣、上厕所、洗脸刷牙……跟妈妈道过晚安之后，五个小家伙排着队进卧室，爬到床上去。你以为他们这就要乖乖睡觉了吗？不不

不可思议的梦

工藤纪子

· 导读 ·

不，他们的"卧谈会"才刚刚开始，主题就是"今晚做个什么梦呢？"。

第一只小猪打开了话匣子："这样的梦怎么样？"接下来，作者为我们带来了一场文字和图画的"节奏游戏"。每只小猪讲述的梦境都是一整幅跨页图，翻页后是相同的文字："不错，不错！不过，如果是这样的梦，会不会更好玩儿呢？"就这样，从热带雨林的探险到彩虹游乐场的狂欢，五只小猪一个接一个"表达"了自己的想法。

正当他们不知道选择哪个梦的时候，天亮了。小猪们下床打开房门，啊——卧室竟然飘到了天上！还有三位云朵厨师在做各式各样的甜品。小猪们开心地吃吃喝喝，简直就像做梦一样。这个场景让人忍不住开怀大笑，却又里的发现,讲讲自己对梦的期待。孩子心中的每一个梦,都是一颗充满诗意和想象的种子。在亲子共读的幸福时光里,多一份陪伴与耐心,让梦的种子在他们心底生根、发芽、长大。

作者简介

工藤纪子

1970年出生于日本神奈川县,是日本当下最受欢迎的图画书作家之一。从小就喜欢画画、喜欢幻想,梦想着成为一个以画画和讲故事为生的人。从日本女子美术大学短期大学部毕业后,成为一位深受孩子和大人喜爱的童书作家。作品多次获得日本MOE绘本屋大奖,代表作有"幸福小鸡系列""野猫军团系列""小企鹅去旅行系列"、《不可思议的冒险》等。

绘本就是为了这样的幸福时光而存在的"。正因如此,她的作品才大受欢迎,走进了千千万万小朋友的心里。

　　这又是两本相当"有用"的书,画面和故事充满了力量,源源不断地向孩子们提供着"养分"。这里有丰富的想象世界,让孩子自由地穿梭于幻想和现实之间,尽情感受阅读的快乐;这里有可爱的生活"榜样",让孩子看到睡前要做什么、要怎么穿衣服,也让孩子了解在和其他人谈论某件事时,可以像五只小猪那样轮流发表自己的看法、各抒己见;这里有生动的自然教育,让孩子在故事里感受冬去春来、四季变换,寻找大自然的颜色;这里有甜蜜的"哄睡神器",让孩子听完故事"乖乖"睡觉,因为只有睡着了,才能做梦,梦见美好的事物。

　　打开梦的故事,和孩子一同品读吧,让他们说说在画面

有点儿摸不着头脑:他们到底是不是在做梦?答案在下一页,爸爸妈妈来到卧室,看到小猪们已经睡得香甜。原来,在天上大快朵颐是小猪们正在做的梦啊!

从小猪视角的"说梦"到"做梦",再回到爸爸妈妈视角的"晚安",从现实到幻想,从梦境又回到现实,这接连不断却又不着痕迹地转换场景,让我们不得不为作者非凡的创意赞叹。

在日本 mi:te 网站对工藤纪子的访谈中,她提到,每晚睡前母亲都会给她和两个弟弟读故事,其中有很多冒险故事,她总是一边听,一边沉浸在幻想世界里,这也是为什么她要在书中描绘一场又一场奇幻冒险——雨林穿梭、童话奇遇、极地探险、大战海盗……

作者在书里还"藏"了很多有意思的小细节。比如,封面上,蜷在被窝儿里的小猪酣然入睡;封底上,爸爸妈妈喝饮料、聊天、看电视,度过惬意的睡前时光。再比如小猪们聊的五个梦,分别是谁想做的呢?从他们怀里抱着的猴子、海豹、书、小羊、小猪,再结合梦的画面,就可以一一对应上了。又比如那场童话奇遇的梦里,小猪骑着的那匹棕色的马,和卧室窗台上的玩具一模一样……

如果说《今晚做个什么梦呢?》是对梦的"言传",那《冬天是什么样子?》就是对梦的"意会"了。

  美餐一顿之后,小熊一家要迎来冬眠时刻。三只小熊躺在被窝儿里,可是他们很想知道冬天的样子。夜幕降临,外面下起了大雪,小熊三姐弟醒了,他们起身看看窗外,哇!一片白茫茫,是雪吗?不,是冰激凌、棉花糖、布丁,还有巧克力温泉和怎么吃也吃不完的草莓蛋糕!他们你一口我一口大快朵颐的样子,真让人垂涎三尺。小熊们吃饱了又回去睡觉,一直睡到春天到来,小熊们伸着懒腰、打着哈欠、揉着眼睛来到餐桌旁,可以说他们做了一场美梦,也可以说他们看到了爸爸妈妈没见过的冬天的样子。

  全书没有一个"梦"字,作者让小熊三姐弟带我们走进了甜美的梦里。在构图上,作者用细腻有趣的细节区分了现实和梦境,比如用白底和椭圆框构图表现现实,用黄底和曲线框构图表现梦境。仔细看看卧室里挂在墙上的那两幅画:

现实中,画里是海狮顶球和五颗草莓;梦境里,海狮有了企鹅玩伴,好饿的毛毛虫一口一口地吞掉了草莓。除了企鹅和毛毛虫,梦里还有别的"不速之客",比如:通过两道小小的门走进又走出的红色章鱼,把装饰吊篮当作热气球的灰熊爷爷……

此外,我们看到季节的更替,更感受到小熊三姐弟在自己的幻想世界里体味的快乐、收获的成长。

这是两本有点儿"没用"的书,因为如果家长非要通过故事给孩子讲什么道理,那恐怕是要失望了。日本"绘本之父"松居直曾说,绘本不是用来"教"孩子什么的,而是让孩子感受快乐的。这恰恰也是工藤纪子的创作理念。这两本书里,大部分的文字是人物对话,用作者自己的话来说,就是"和爸爸妈妈一起阅读,开心地哈哈大笑,兴奋地满怀期待……